D1180643

Mgr Mathan agus an Leanabh Ur

Debi Gliori

acair

Tha an leabhar seo
do theaghlaichean air feadh an t-saoghail
aig nach eil ach fìor chuimhne
air oidhche shlàin cadail.

ORCHARD BOOKS
96 Sràid Leonard, Lunnainn EC2A 4RH
Orchard Books Astràilia
14 Mars Road, Lane Cove, NSW 2066
A' chiad fhoillseachadh am Breatainn an 1999
© Debi Gliori 1999

Na còraichean uile glèidhte. Chan fhaodar pàirt sam bith
den leabhar seo ath-riochdachadh an cruth sam bith
no an dòigh sam bith gun chead ro làimh bho Acair.
© an eadar-theangachaidh seo Acair 1999
A' Ghàidhlig le Norma NicLeòid
Clò-bhuailte anns a' Bheilg

ISBN 0 86152 205 2

Chuidich Comhairle nan Leabhraichean
am foillsichear le cosgaisean an leabhair seo.

Anns a' choille tha a h-uile neach anns an leabaidh.
Tha an t-àm ann airson gach neach a bhith nan cadal.
Am dorch agus sàmhach airson sìth agus tàlaidhean.

Ach ann an taigh Mhgr Mathan tha na solais air.

Agus èist .... tro na craobhan cluinnidh tu fuaim.

Fuaim aig leanabh ùr agus e ri dùsgadh.

"Mo chreach," arsa Mamaidh Mathan.

"Mo chreach-sa thàinig," arsa Mgr Mathan.

"Bhaaa," ars an leanabh ùr 's e ri sgiamhail.

"Seall air an leanabh sin," arsa Mgr Mathan.

"'S e tha dhìth ach gun cuir Dadaidh an t-aodach oirre."

Dh'èirich e às an leabaidh agus sgioblaich e na plaideachan.

Ach 's ann a thòisich an leanabh a' sgreuchail na b' àirde.

Thug Mgr Mathan sùil ghaolach air an leanabh.

"Seall air an leanabh sin," arsa Mgr
Mathan.

"'S e tha dhìth oirre ach bainne bho
a màthair."

Dh'èirich Mamaidh Mathan às an
leabaidh agus thug i bainne dhan
leanabh.

Ach 's ann a thòisich an leanabh
a' casdaich, agus a' tachdadh agus
a' sgiamhail na b' àirde.

Bha Mgr Mathan a' coiseachd a-null 's a-nall, a' suathadh druim an leanaibh. Ach dhùin an leanabh a sùilean, chuir i a ceann air ais agus leig i sgiamh aiste.

"O mo chreach," arsa Mgr Mathan. "Abair beul mòr air tè cho beag. 'S e tha dhìth ort ach tàladh."

Ghabh Mgr agus Mamaidh Mathan tàladh dhan leanabh ùr.

Ach cha do dh'obraich sin a bharrachd.

Thàinig gnogadh chun an dorais.
Cò bha seo ach Mgr Bàn le creathaill.

"Feuch seo," ars esan, 's e a' mèaranaich.

"Nuair a bha an sianar chloinne againne glè bheag, chuireadh seo a chadal iad."

Le sin chuir Mgr Mathan an leanabh ùr dhan chreathaill, agus thòisich iad gu lèir a' tulgadh na creathaill, duine mu seach.

Ach bha a' chreathaill ro chuglaidh, agus chum an leanabh oirre a' sgiamhail.

Thàinig an ath ghnogadh chun an dorais.

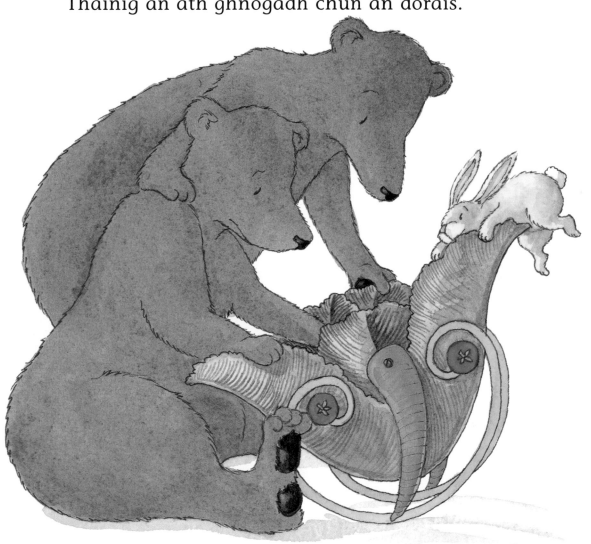

Cò bha seo ach Mamaidh Cailleach-Oidhche le nead mòr.

"Chan eil fios agam an obraich seo dhan leanabh ùr," ars ise.

"Ach nuair a bha an tè againne beag, bhithinn ga cur ann, agus thuiteadh i na cadal sa bhad."

Mar sin thog Mgr Mathan an leanabh às a' chreathaill agus chuir e i dhan nead. Ach bha an nead ro sprodach agus chum an leanabh oirre a' sgiamhail.

"Gu sealladh sealbh orm," arsa Mgr Mathan, 's e a' faireachdainn gu math coltach ri sgiamhail e fhèin.

"Ciamar as urrainn do neach cho beag uimhir de dh'fhuaim a dhèanamh?"

Duine mu seach, thàinig nàbannan Mhgr Mathan a thabhach rudan a chuidicheadh an leanabh ùr gu cadal.

Thàinig Mgr Losgann le duilleag-bhàthte, ach bha sin ro fhliuch.

Thàinig Mamaidh Seillean le taigh-sheillean
a chleachd a bhith aig an tè bhig acasan.
Ach bha e ro steigeach.

Thàinig eadhan Mamaidh
Ruadh-Mhathan le seàla an
leanaibh aca fhèin.
Ach bha a' chlòimh ro thachaiseach.

Fhad 's a bha Mamaidh
Ruadh-Mhathan a' lìonadh na teatha
agus Mamaidh Mathan a' cur
timcheall cèic, bha Mgr Mathan
a' coiseachd sìos is suas is an leanabh
fhathast a' gal air a ghualainn.

"A thè bheag," thuirt e, "tha mo
chasan sgìth le na tha seo de
choiseachd."

Chum an leanabh oirre a' gal.

Shuath Mgr Mathan druim an leanaibh air a
shocair, agus chuir e sanais na cluais.
"Mo leanabh," ars esan, "tha mo ghualainn
bog fliuch le na deòir agad."

'S ann a chaidh gal an leanaibh na bu mhiosa.

"Gu sealladh nì math orm," arsa Mgr Mathan,
a' faireachdainn fliuch agus seachd sgìth.
"Dè bho rian a nì mi airson gu sguir thu ghal?"

Nochd tè bheag aig an doras agus i a' slaodadh plaide às a dèidh.

"Carson a tha thusa an-àirde an-dràsta?" thuirt Mamaidh Mathan.

"Cha tèid agam air cadal," arsa Mathan Beag. "Tha an leanabh air mo dhùsgadh."

"Tha thu ro bheag airson a bhith an-àirde cho anmoch," thuirt Mamaidh Mathan. "Siuthad a-nis - air ais dhan leabaidh."

"Tha ise nas lugha na mise," arsa Mathan Beag. "Agus tha ise an-àirde."

Choimhead an leanabh suas agus rinn i aileag bheag mhuladach.

"Tha mise nas motha na 'n dithis agaibh," arsa Mgr Mathan le osann, "agus b' fheàrr leam na rud sam bith nach robh mi an-àirde."

"B' fheàrr dhuinne dhol dhachaigh dhan leabaidh," arsa Mamaidh Bhàn agus Mamaidh Cailleach-Oidhche.

"Oidhche mhath leibh gu lèir," thuirt Mgr Losgann.

"Cadal math," thuirt Mamaidh Seillean.

"Tillidh mi a dh'iarraidh na seàla sa mhadainn," thuirt Mamaidh Ruadh-Mhathan.

Chaidh nàbannan Mhgr
Mathan gu lèir dhachaigh
a' fagail Mhgr agus
Mamaidh Mathan leis an
dithis bhig a bha fhathast
nan dùisg.
Bha an leanabh ùr fhathast
a' gal.

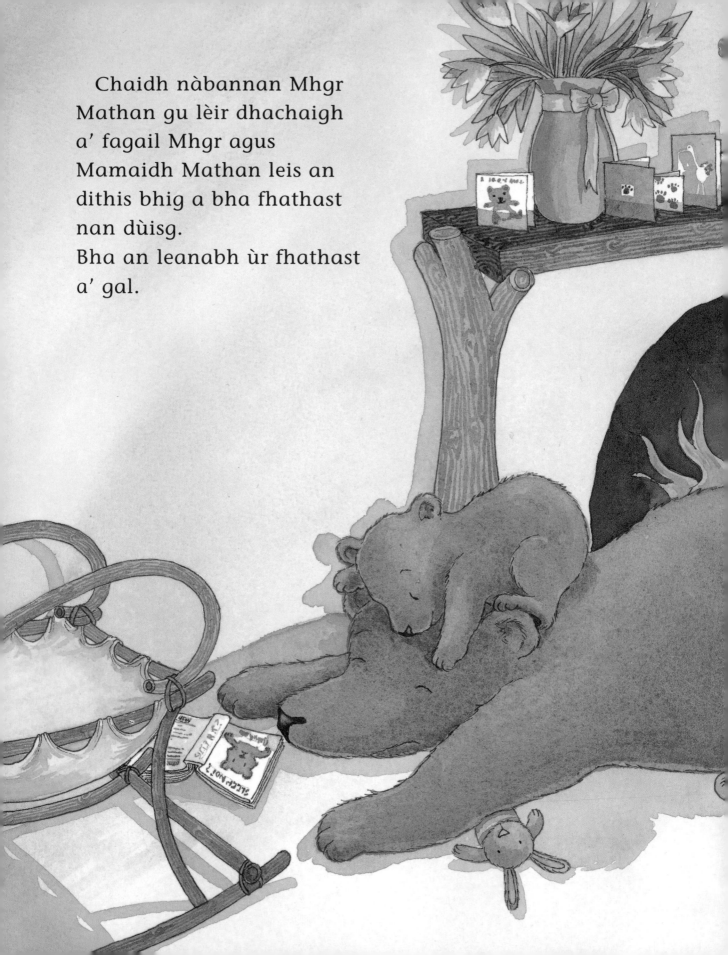

"Tha fios agamsa carson a tha an leanabh ùr a' gal," thuirt Mathan Beag, 's i a' sreap suas an uchd Mhgr Mathan.

"Tha i a' gal seach gu bheil i ag iarraidh laighe dlùth ri cuideigin. Sin mar tha leanabain," ars ise agus i cladhach sìos am broinn gàirdeanan a h-athar.

"Tha thu cho ceart ri ceart, a Thè Bheag," arsa Mgr Mathan, a' mèaranaich gu mòr.

"Chì sinn ma bheir leabaidh làn mhathan cudail dhi, an cuir sin a chadal i."

Na mathain bheaga air an gualainn dhìrich Mgr agus Mamaidh Mathan an staidhre dhan leabaidh.

Cha robh leabaidh Mhgr agus Mamaidh Mathan
cuglaidh no sprodach.
Cha robh i steigeach no tachaiseach a bharrachd.
Gu dearbha 's ann a bha i mar na nèamhan ...
Stad an leanabh ùr a ghal anns a' mhionaid,
choimhead i a-steach a shùilean Mhgr Mathan,
shuath i a shròn agus thuit i na cadal.

"Mo chreach," arsa Mgr Mathan. Cha robh fhios aige dè a
chanadh e 's a h-uile càil cho sìtheil.

"'S math a rinn thu, a Thè Bheag," thuirt Mamaidh
Mathan, agus i a' tionndadh. 'S bha srann aice cha mhòr
anns a' bhad.

Ach bha Mathan Beag na suain agus a' bruadar mu bhith
mòr, agus ann an ùine ghoirid bha gach nì sìtheil agus
sàmhach.

Cha chluinneadh tu càil a-staigh ach fuaim nam
mathan nan cadal. 'S e sin a h-uile mathan ach Mgr
Mathan fhèin.

Bròinean!

Bha esan na laighe san dorch ag èisteachd ri
srann Mamaidh Mathan, agus fad às anns
na craobhan, bha Mamaidh Cailleach-
Oidhche a' gabhail thàlaidhean.

Shìn an leanabh agus shaoileadh tu
gur e crosgag mholach a bh' innte.
"Ciamar as urrainn do neach cho
beag a bhith a' toirt an-àirde
uimhir de rùm?" smaoinich
Mgr Mathan.

Agus an rud mu dheireadh a chuala e mus do thuit e na chadal, 's e Mamaidh Cailleach-Oidhche.
"Oidhche mhath, oidhche mhath dhomh fhìn 's dhut fhèin."